KB272453

# 시시비비

# 시시비비

詩時秘非

박시학 디카시집

좋은땅

시<br>인<br>의<br>말

보이는게 전부가 아니오니
숨어있는 허물은
그냥 눈감아 주시기 바랍니다!


박시학

차례

# 1부

___

# 시 <sup>詩</sup>

# 고백

난 아직
시인이 아님을
시인한다

# 시

발효된 이미지<sup>image</sup>
웃기면 유머<sup>humor</sup>
울리면 포엠<sup>poem</sup>

# 시인

바람한테 맘 전하고
뭇별에게 카톡 하고
들풀하고 같이 놀고

태어날 때 스스로 탯줄 못 끊고

돌아갈 때 제 몸 하나 염습(斂襲) 못 해도

날마다 마음 끓여 詩 우려낼 순 있죠

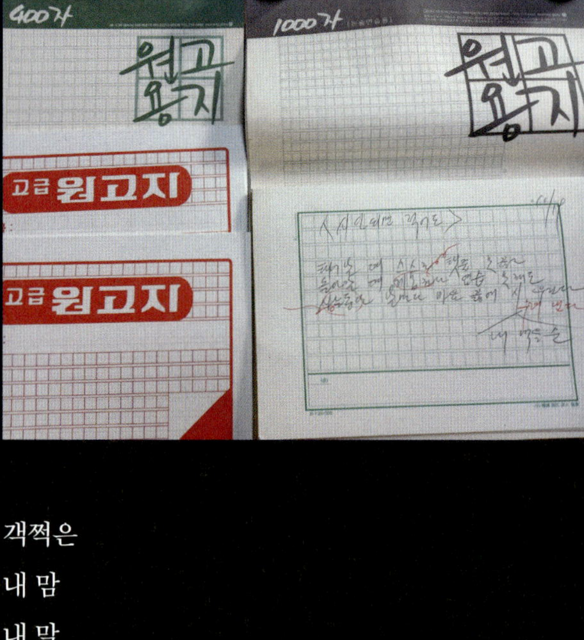


객쩍은

내 맘

내 말

# 눈 맞춤

아침 햇귀처럼 환해
때 묻지 않은 어린이하곤
눈 마주치기 두렵다
해맞이 가린 적 많아 부끄러워

반반한 겉만 보고

훅— 빠지지 말라는

진—한 메시지

겨우내

죽었다

부활하는

# 웃음꽃

aa로션보다
bb크림보다
생기 있는
happy 화장품

리허설<sup>rehearsal</sup> 없고

리셋<sup>reset</sup> 안 돼

리얼<sup>real</sup> 아찔

# 잠뜰

20

미리
건너 본
피안<sup>彼岸</sup>

# 문학

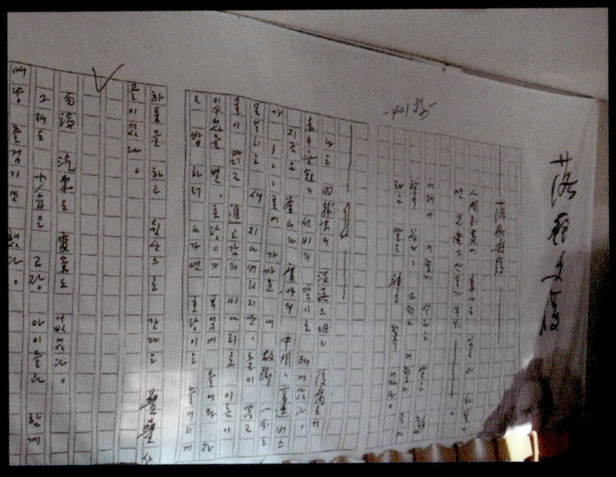

독자 마음에 평화를 주려고
작가는 감성으로 싸운다
소중한 가치이기에

# 종착지

생생해도 세월 가면  
헌 옷처럼 낡고 해져  
마지막 버려지는 곳

# 겨울 밤바다

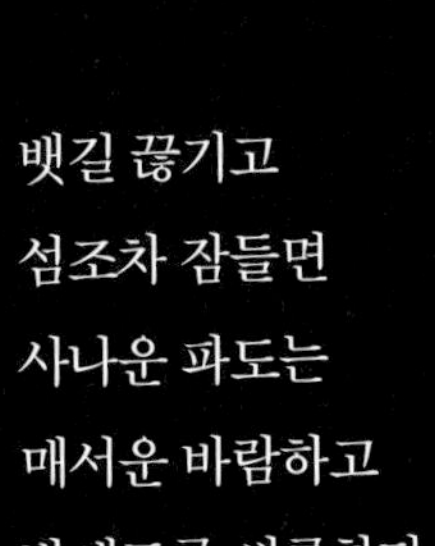

뱃길 끊기고
섬조차 잠들면
사나운 파도는
매서운 바람하고
밤새도록 씨름한다

어쩌다 어른 된 여태껏

언뜻언뜻

가슴 쏴—

한줄기 아픔

2부

바람 불어 좋은 날*

쓰다듬고픈

그녀 물결 같은 머리카락

* 최일남 소설 「우리들의 넝쿨」을 이장호 감독이 각색한 영화 작품명

# 피서 避書

삶이 버거워
앎을 외면했다

눈이 어두워
청맹과니 됐다

# 있을 때 잘혀

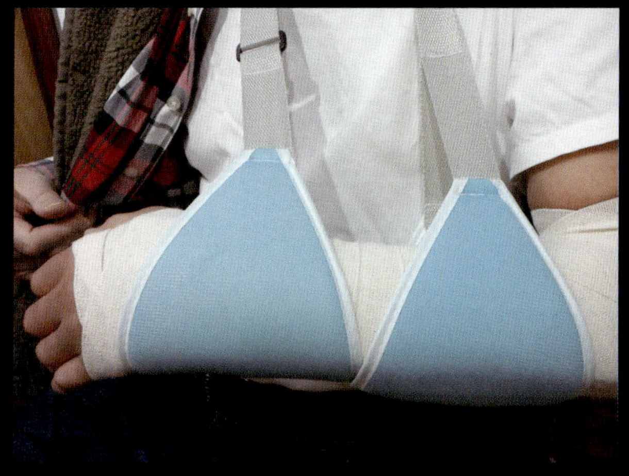

족할 때
으레 '그러려니'

궁하면
그제야 '에구머니'

봄에

소똥 먹고

여름내

비바람 햇살하고 뛰놀았더니

# 주<sup>酒</sup>님

문화 발전의 보약

인류 사랑의 영약

자신을 버리는 독약

관종* 시인에겐 마약


* 관종: '관심병 종자'.

# 내 탓이니

32

난
가시밭에 종일 뒹굴어도
넌
클럽에서 밤새 흔들어라

내 탓이니

개돼지로 살기 싫어

두려움 참고 자신과 싸워

굽히지 않고 쟁취한 자유

# 순수

34

어른들은 잃어버린
어린이들 호주머니에 소중히 간직한
어른들이 부러워하는

애탄 기다림

끝내

피멍 든 가슴

# 봄동

36

시집가던 날
고이 벗어둔 초록 치마 속
노란 바람

마음에 쌓인 얼음

먼저 녹인 후

어둠에 빠진 발

헤쳐 나아가보렴

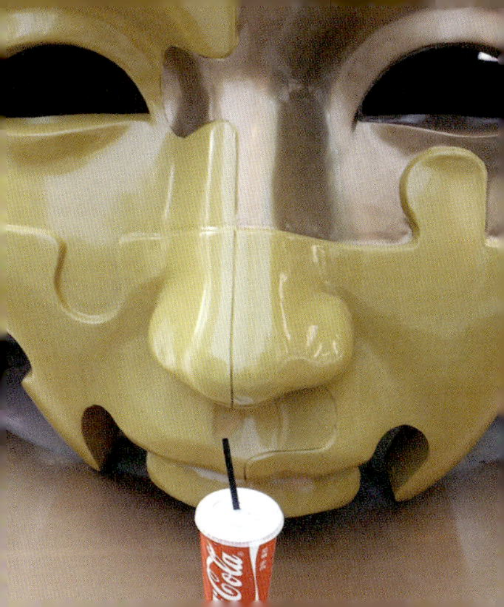
Cola

# 다 한순간

어디든 꽃은 순간 피고 진다
우리네 삶 죽음도 다 그렇다
기쁨 설움조차 한순간이다

3부

비秘

그대 보내고

고개 돌린 하늘

# 만월<sup>滿月</sup>

환하게 웃고 있지만
가슴엔 얼룩이 남아

누굴 마음에 품어봐
그럼 알게 될 거야

# 허기<sup>虛飢</sup>

44

똥강아지처럼 아무 데나 밀어낸 찌꺼기 같은 생각
두더지처럼 남 허물만 죽자고 파헤친 수작
거위처럼 누구에게나 가리지 않고 내뱉은 악담
내 영혼은 굶주린 게 맞다

# 작은 흰줄나비

아랑은
눈물 지우고
이른 봄마다
꼭 찾아온다

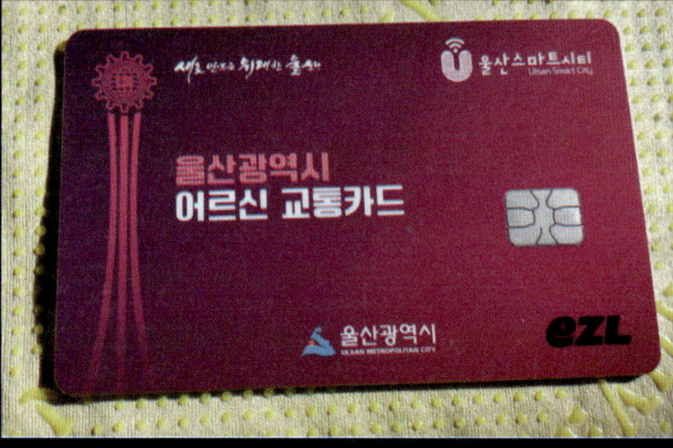

고맙고요

미안하고

사랑

하나로

# 전쟁

48

포성이 멈추면
옳고 그른 사람 없다
남은 사람뿐!

# 8848



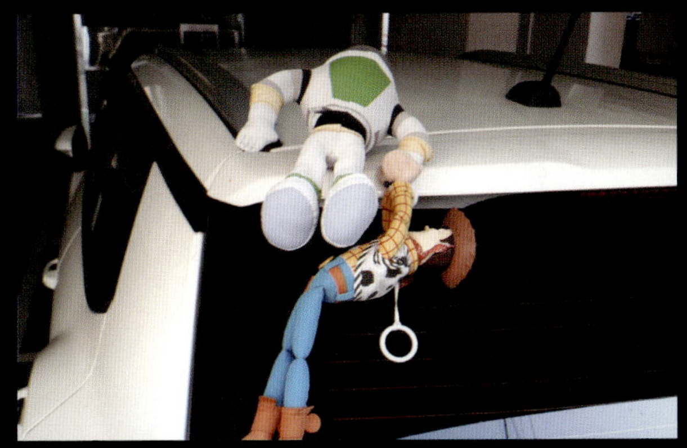

'더 이상 오를 곳이 없다, 오버'
사가르마타* 엄대장


'애면글면' 올랐으니
조심조심 내려오세요, 대장님!


* sagarmatha: 하늘의 이마.

바람하고 다투기 싫어

아프지만 허리 숙였다

# 몽유도원도

눈 감아야 꾼다
눈 뜨고 꾸는 꿈은
못 펼치는 허상<sup>虛像</sup>

# 어르신

노인 되긴 쉽지만
어른 되긴 어렵다
전격<sup>錢格</sup> 갖추기 힘들어

일탈로 시작해

만나고 이별하고

일상으로 돌아오는

# 피고 지고

55

꽃 필 때
꽃처럼 웃었다

꽃 질 때
詩처럼 울었다

밤새 막일하고

새벽에 흘린

<sup>4</sup>부

—

비非

# 낮달

밤엔
무서워서

잘 곳 없다

갈 곳 없다

맘 둘 곳 없다

가만히 들여다보면

눈물이 난다

사람이라 미안해서

요즘 부쩍 더 그렇다

친구야

넌 약속을 깨지 마

난 맹세를 지킬게

# 로봇 농부만 사는 농촌

The
이웃끼리
품앗이 나누기 아는 척
End

# 은퇴자

이골 난 손 결별하고
멀어진 성공에 분노하며
가진 만큼만 자유를 누리는 백수

# 찬바람

삐쳐
쌩—
떠난 너

좋네

하고 보니

좋아

하며 보니

# 안거<sup>安居</sup>

모자라고
어리석어
끝없이
전진 말고
정진<sup>精進</sup>

힘으로

하나요

재미로

하지요

이빨을 드러내든

꼬리를 흔들든

뿌린 대로 거둔다

삶

채움인가

비움인가

할喝

명품 가방 들고싶어

꿈 찾아 애걸했는데

꿈조차 외면하면

다 같이 소릴 지른다

가해자는 비겁한 항변

피해자는 비통한 신음

가장 낮게 뜨는 보름달처럼

그린재킷 입고 덜 익은 것처럼

달콤한 자신을 단단히 지키고 있다

# 숫대

오리 넌
언제 커

잠든 하늘 깨우러
소원 물고 날아갈래

# 시시비비

ⓒ 박시학, 2026

초판 1쇄 발행 2026년 5월 1일

지은이    박시학
펴낸이    이기봉
편집      좋은땅 편집팀
펴낸곳    도서출판 좋은땅
주소      서울특별시 마포구 양화로12길 26 지월드빌딩 (서교동 395-7)
전화      02)374-8616~7
팩스      02)374-8614
이메일    gworldbook@naver.com
홈페이지  www.g-world.co.kr

ISBN   979-11-388-5888-5 (03810)